KB269100

# 뻐꾸기 울고 있다

미래시선 143
**뻐꾹기 울고 있다**


· 지은이 | 김종호
· 펴낸이 | 임종대
· 펴낸곳 | 미래문화사

· 찍은 날 | 2008년 3월 7일
· 펴낸 날 | 2008년 3월 12일


· 등록 번호 | 제3-44호
· 등록 일자 | 1976년 10월 19일
· 주소 | 서울시 용산구 효창동 5-421
· 전화 | 715-4507 / 713-6647
· 팩시밀리 | 713-4805
· E-mail | mirae715@hanmail.net
ⓒ 2008, 미래문화사
· ISBN | 978-89-7299-350-6  03810

# 뻐꾸기 울고 있다

김종호 시집

미래시선 143

**미래문화사**

# 순례자巡禮者

해보다 먼저
고내오름* 정상에 오르면

애드벌룬처럼
붉은 해가 솟아오를 때
뭉클, 심장이 멈추고
온 산이 출렁거린다.

저 빛을 위하여
나의 시는 순례자
길은 멀어
터벅터벅 걸어간다.

---

＊고내오름(高內捧) : 제주시 고내리 소재 해발 175m의 작은 산.

# 시는 나의 동반자

나는 시인을 꿈꾸어본 적이 없다.

지금도 시인이기를 위하여 시를 쓰지 않는다.

다만 나의 걸어온 길에 함께 걸어온 것들, 그리고 길에서 만났던 것들과 더불어 이야기를 나누며 깊어져가기를 원한다.

시는 나의 여백을 한걸음씩 지워갈 때에 눈동자를 마주하는 진실한 친구, 그리고 끝없는 대화이며 사무치는 기도이다.

나에게 삶이란 아담 이후 에덴에서 쫓겨난 인간의 수형受刑이며 그러기에 에덴으로 돌아갈 꿈으로 산다.

나의 삶을 이끄시는 이, 예수는 참사랑이시고 진실하시기에 그의 참된 삶의 모습을 유치원 아이의 글씨로 베껴가는 삶이기를 소원한다.

이 길에 시는 나의 어둠을 밝혀가는 작은 불빛이며 동반자이기를 소원한다. 하여 나를 닮아 캄캄한 어느 누구 위로를 받았으면 좋겠다. 어두운 마음이 푸른 하늘을 바라보았으면 좋겠다.

이제 겨우 떡잎인 나의 시가 햇빛을 보게 하여주신 미래문화사 임종대 사장님과 발문을 기꺼이 써주신 조남익 선생님께 깊은 감사를 드립니다.

2008. 2

순동巡東 김종호金宗昊

차례



## 그리움에도 무게가 있다면 · 1

# 4 · 송림에 올라

훗날 세월의 끝닿은 데서
살면서, 살면서 그리워했노라고
살다가, 살다가 잊었노라고
가벼이 말할 수 있으면 좋겠네

# 그리움에도 무게가 있다면

# 뻐꾸기 울고 있다

겨울바다 건너온 봄
햇살이 눈꺼풀 무거운 한낮을
뻐꾸기 하염없이 울고 있네

고내오름 중턱 늙은 그늘에
솔잎 새에 한 줌 바람 이마에 시원하고
삼백 년 소나무 네 나이 몇이냐 물으니
내 줄곧 걸어온 길이 저만치 사소하다

적막하다, 한낮 산속의 고요
숲은 침묵으로 더욱 깊어지고
먼 뻐꾸기소리, 남의 둥지에 놓고 온
제 새끼만 염치없이 부르고

그립다
고향 육십 년에
늙은 마누라 옆에 두고
웬 그리움이 저미어 오는가

뻐꾹 뻐꾹 뻐꾹
고향에 살면서 고향이 그립다.

# 처음 그대를 만나던 날

그대를
처음 만나던 날
꼭 쥐고 있던 고삐를 놓고
샤갈*의 하늘을 날았네

그대를
처음 만나던 날
꼭 닫았던 문을 살며시 열고
꿈꾸는 아이가 웃고 있었네

바다를 가두어 놓은
수평선이 그렇게
드넓게 열리는 것을 처음 보았네.

*샤갈 : 러시아 태생 프랑스 화가, 초현실주의 작가.

# 그리움에도 무게가 있다면

그리움에도 무게가 있다면
내 그리움의 무게는 얼마나 될까
한 세월 모르게 짓무른
가슴의 무게는 얼마나 될까

어차피 혼자서 가는 길에
길가에 가로등처럼 무심으로,
구름 뒤에 낮달처럼 눈을 감아서
오는 날은 오게 두겠네
가는 날은 가게 두겠네

훗날 어쩌다 눈이 마주칠 때
내 사랑 어디 있나
그대가 물으면
살면서 그리웠노라고
살다가, 살다가 잊었노라고
가벼이 말할 수 있으면 좋겠네

그리움에도 무게 있다면
내 그리움을 달 저울이 있을까.

# 그대 그리워질 때

그대 그리워질 때면
그 바닷가 오솔길을 걸어가네
매번 비릿한 바람 불어오고
끝내 풀어내지 못한 것은 무엇인지
바다는 자꾸만 나에게로 철석거리네

바닷새 이내 노을이 되어 날아가고
그렇게 보이지 않는 먼 시간은
돌 하나 깊이 묻어놓고 있었네
가슴에 별빛으로 깨어나는 눈빛
잊었던 이름 잊지 못하여

바다에는 어둠이 서운히 내리고
사랑한다, 사랑한다던……
지금은 어스름에 묽어져가는 허상인가
검은 물빛으로 너울져가는 기억 한 조각
차마 소리 내어 부를 수 없어
가만히 바라보는 수평선.

# 서울무정 1

1955년 열다섯의 서울거리
명보극장, 화원시장,
을지로3가에서 동대문시장을
헤매고 다닌 세월이 있었다

한여름 화원시장 입구에서
"아이스께끼—" 외치고 다닐 때
아이들이 께끼를 맛있게 빨 때
하나 꺼내 먹을까 말까 하다가
이마에 땀만 닦아내었다

께끼장사도 구역이 있다고
발길질 당하고 쫓겨날 때
시장 안에 사람들로 와글대어도
말려주는 사람 하나 없을 때
골목에서 남몰래 울었다

고향에는 형도 누나도 있는데……

# 서울무정 2

하꼬가다* 택시 조수로
서울거리 누비고 다닐 때
씽씽— 신나게 달렸다
목이 터져라 호객을 할 때
목이 빠지게 기다리던 점심 때
자장면은 나를 행복하게 했지
요새 애들 그 자장면 맛을 알런가 몰라

운전기사 야바우 해먹는다고
주인이 차를 팔아치우자
나는 또 하릴없이
여기저기 기웃거려 다녔지
급사로 써달라고 애걸하며 다닐 때
종일 헤매다 밤늦게 닭털침낭에 들었을 때
다리가 한없이 아려올 때
소리 죽이고 꺼이꺼이 울었다

왜 그렇게
고향바다가 떠올랐는지 몰라.


* 하꼬가다 : 상자모양이라는 일본 말. 지프차를 개조한 것.

# 서울무정 3

중학교 졸업하고 몇 년을
서울거리를 기웃거리고 다닐 때

골목어귀에 군고구마 냄새,
그리울 것 없다던 고향이 글쎄
한사코 나를 붙드는 거였다
드럼통에서 익어가는 고향이
꼬르륵꼬르륵 소리를 내는 거였다
꼬깃꼬깃 지전 한 장을 던지고
얼른 군고구마 봉지를 들고 골목에서
벽에 기대어 호호 불며 먹을 때
하얀 입김이 초가집 저녁연기로
모락모락 피어오르고, 보리밥 냄새로
쌓인 눈이 다 녹는 거였다

고향에도 함박눈이 푹푹 내리겠지
산이며 들이며 하얗게 쌓였겠지
이 저녁 한라산 노루들 푹푹 빠지면서
마을로 내려오겠지.

# 서울무정 4

소싯적 서울 4년에
안 해본 짓이 없다

종로1가에 있는 서린당구장,
붉은 벽돌로 지은 적산창고에서
청소를 하며 지냈다
지붕 밑 다락방이 내가 사는 곳
사다리 타고 올라가 쥐랑 자다가
아침에 내려와서는 사다리를 치웠다

내기당구 손님들로 통금이 넘어서야 자고
새벽같이 일어나 청소를 할 때, 꼭 그 때
남영동 멀지 않은 서울역에서 기적이 울었다
화통 삶아먹은 철마 왝왝 소리 지를 때
당구대 위에 닭똥 같은 눈물이 뚝뚝 떨어졌다

어려서 그런가
그 때는
왜 그렇게 서러웠는지 몰라
떨어지는 눈물이 더 서러워서
목 놓아 울곤 했지.

# 그리움 하나

바람 부는 날
방파제에 앉아 노을에 젖을 때
먼 그리움, 목에 오랜 가시 하나
저 수평선을 부른다
어이— 어이—

바람 부는 날
오솔길 따라 고내봉高內峰을 오르면
먼 그리움, 체滯한 가슴
저 한라산을 부른다
어이— 어이—

잊었노라,
그렇게 사십 년 세월.

바람 부는 날이면
해묵은 사랑이 불어와
저 바다에 파도가 높다
어이— 어이—

# 커피 한 잔

책을 읽고 있었노라

나는 왜
서성거리고 있나

그렇구나, 오오
커피 한 잔

모락모락
그리운 향기에
피어오르는 얼굴
하릴없다.

# 기억의 저편

어제 오늘 내일
대나무 마디로 살아간다면
어제 일은 어제 마디에
오늘은 오늘 마디에 해 저물어
기쁨이든 슬픔이든 봉해 놓고
내일은 산뜻하게 나설 수는 없을까

기억의 저편 언덕에 아지랑이
떠나온 것들, 묻고 온 것들
억새 우는 저 들판으로, 나는
또 길을 잃어서 가야하리

길섶에 피고 지는 풀꽃들도
삶의 이야기를 노래하고
사랑도 이별도 그리움도
고달픈 생의 꽃잎 같은 것
대나무 마디마디에 봉해놓고
아침 해 환하게 마중하고 싶네

오늘도 숲을 걸으면서
낙엽을 밟으면서
유년의 무지개처럼

무가내로 피어나는 그리움
기쁨인 듯, 슬픔인 듯
모두 다 품어서 가야할 내 것들.

# 여자에게 다가가지 못하는 아이

　예배 후 점심시간이 북새통인데 구석지에 고개를 땅에 처박고 있는 아이, 나는 단번에 그 아이를 알아보았다 트럭기사인 아빠와 장애인 할머니와 살고 있는데 세 살 적에 엄마는 어디론가 가버렸다 그 아이는 늘 꾀죄죄한 외톨이었다.
　내가 다가가서 밥을 먹자고 하였으나 완강하게 버티기에 별로 먹고 싶은 생각이 없나보다 했는데 또래들이 카레 먹는 것을 뚫어져라 보고 있는 게 아닌가? 아차 싶어 한 그릇 가득 퍼서 가져다주자 허겁지겁 게 눈 감추듯 그릇을 비우고는 도망치듯 밖으로 나가버렸다.


그 순간 감전感電처럼
짜르르 세월이 흘러갔다

부모를 일찍 여의고
나는 늘 꾀죄죄한 중학생이었다
언제나 단추가 아니면 빼지가 떨어져서
복장불량으로 운동장 휴지는 내가 다 주웠다
교회에서도 또래 남녀 학생들이 어울릴 때에
나는 늘 물 위에 기름으로 떠돌았다
그 때 나는 여자에게 다가가지도
말 한 마디도 못하는 아이가 되어 있었다

절뚝거리는 유년의 나를
다시 보는 마음은 서글프다.

# 민들레

달빛 수줍은 미소
노란 민들레
하얀 소녀들
푸른 하늘에 오르네

서러운 눈물은
미소 뒤에 감추고
젖어서는 떠날 수 없어
하얗게 웃으며 가네

하늘 먼 곳
눈물 없는 곳은 어딜까
손을 흔들며,
흔들며 떠나가네
꽃 대궁 우두커니
바람만 흔들고 있네.

# 외로운 새

외로운 새는 늘 노래만 부른다
이 나무 저 나무로 포르릉 포르릉
구차한 살림 못 본 체 기웃거리며
화려한 자유를 노래 부른다

산 그림자 내리고
높은 가지 끝에 혼자 저물어갈 때
노을이 너무 고와서 짜증이 난다고
달빛이 너무 환해서 속이 상한다고
저 혼자 칭얼대고 있네

오늘 아침 매화나무에
저렇듯 청량淸凉한 새 소리는
틀림없이 호곡號哭이겠다
삶의 바다에 떠도는 무인도
무한 자유는 무한 고독이겠다
떠나온 삶은 언제나 그리워서
가슴이 터질 때가 있나 보다.

(문학시대 2008. 신년호)

# 달맞이꽃

달빛 그윽한 해변 길에
달맞이꽃 머리에 꽂고
달 소녀 노란 향기로
들숨 따라 내게로 왔지

깊어가는 가을 밤
끼룩끼룩 철새 떠난다며
내 어깨를 적시더니
수평선 너머로 날아갔지
나더러는 그냥 잊어 달라 했지

사노라면 바위도 눈을 감고
사랑도 낮달처럼 맑어진다는데
그리움은 달맞이꽃으로 피어나네

바닷새 서러운 해변
예처럼 다시 걸어도
3만 평 매립지에
달빛 아득하고
찰랑대는 물소리.

슬픔에는 시효時效도 없고
사랑에는 머물지 않는 바람
무엇이 억새를 흔들어가며
무엇이 하늬바람으로
갯가를 떠돌게 하는가

# 2

# 나무는 버리라 하고

# 나무는 버리라 하고

온 누리에 눈부신 양광은
고개 숙인 것들에 내리는 은총
고운 예복으로 차려입은 가을은
11월의 바람으로 떠나가고 있네.

뻐꾸기 우는 계절에
저 이별의 의식儀式을 위하여
기도하여온 나무는
순명順命으로 뚝뚝 내리고 있네.

슬픔에는 시효時效도 없고
사랑에는 머물지 않는 바람
무엇이 억새를 흔들어가며
무엇이 하늬바람으로
갯가를 떠돌게 하는가

나무는 자꾸만 버리라 하고
맨몸으로 눈밭에 서라 하는데.

# 소라껍데기

바닷바람 황량한 백사장
하얗게 바랜 소라껍데기,
바람은 빈 삶이 서러워
붕— 붕— 운다

돌아가리라, 지친 노래는
모래 속에 잦아들고
먼 꿈길을 바다로 간다

물빛 푸른 그 숲에 미역 다시마 출렁거렸지
산호초 화려한 골에 자리돔* 떼로 흘렀지
젊음도, 사랑도 휘날려 다녔으리
어느 날 텅 빈 삶이 서러울 때
집게* 등에 업혀 기웃기웃 다녔지
헌집 버리고 떠나는 집게를
저와는 근본이 다르다며 한없이 울었지

파도소리만 쌓이는 백사장에
밀물이 버리고 간 소라껍데기
이제는 흔적도, 그리움도 덮어야 하네
겨울바람 잦아지면
바람 더불어 한 줌 모래로 가리라,

영원으로 가리라.

(해동문학 2007. 겨울호)

* 자리돔 : 돔의 일종으로 길이 10cm 정도의 작은 고기로 떼지어 다닌다.
* 집게 : 소라껍데기를 집으로 삼는 바닷게의 일종.

# 풀꽃

아무도 모르라고
풀잎 새에 몰래 핀
작은 풀꽃을 보았네
파란 별들이 반짝이고 있었네.

바람이 지나가고
나비도 날아가고
아무도 모르라고
풀잎 새에 작은 풀꽃

그렇구나, 저렇게
작은 생명이 있었구나
없는 듯 삶이 있었구나
숨겨놓은 평화가 있었구나

너무 작아서 슬프고
너무 파래서 슬픈 풀꽃
저 장엄한 평화.

# 평화로운 숲

숲으로 가면
풀잎으로 숨을 쉬고
벌레소리로 노래 부른다

할미꽃은 할미처럼 해해 웃고
장기 자랑하는 화려한 장끼
둥지 걱정인 동박새는
들락날락 나를 의심하고
천년 사색에 언제나 엄숙한 바위
나무는 무료한 한 낮을 흔들거리고
동네 흉을 보느라 수다쟁이 참새들
역마살이 낀 바람 휭 불어간다

숲에는 저마다 족한 얼굴들
스스로 다스리고
사랑으로 숨쉬는
아름답고 평화로운 숲
숲으로 살 수는 없는 것일까.

# 봄비

봄비가 내린다
이 비 끝에 고사리 아기 손
수도 없이 아우성 칠 터이다

누가 봄이라고 했는지
겨우내 땅 속에 들었던 것들
까르르 까르르 피어나더니
때 아닌 가뭄에
겨울보다 독한 속 아리로
여린 잎 둘둘 말아
몸피 줄이고 할딱거리고 있네

비가 내리네
젖 같은 봄비가 내리네
잎마다 싱그러워
물 뚝뚝 흘리며 흔들어대네

목마른 것이 산천초목뿐이랴
어디에도 눈 줄 곳 없어
하늘만 바라보는 사람들이 있다.

# 애월우체국 1

가며오며
우체국 안을 기웃거린다
내게 부쳐올
다정한 마음이라도 있는 듯이

애월우체국 앞뜰에
백 년도 넘었다는 선인장,
접근을 불허하는 가시로 무장한
거대한 손바닥 선인장은
해마다 사오 월이면 삼백 송이도 넘는
노란 꽃을 피운다는데

가는 사연 오는 소식마다
한 송이씩 노란
그리움으로 피어난다 하던가

가며오며
우체국 안을 기웃거린다
마치 내게 부쳐올
해묵은 사랑이라도 있다는 듯이.

(혼 얼문학 2007. 11 월호)

# 애월 우체국 2

가며오며 일없이
우체국에 들른다.

무엇을 도와드릴까요?
눈으로 묻고 나는 그냥 웃고
아가씨, 눈으로 웃으며
믹서커피를 쟁반에 받쳐오고
나는 목례로 받아 홀짝거린다

밀감을 보내는 사람
감자를 보내는 사람
건어물을 보내는 사람
보내는 마음은 섭섭하다는데
보내는 사람마다 족한 얼굴이다

시골우체국에는 부쳐오는 것은 없고
암탉처럼 늙은 마음들만 보내고 있다.

오가며 일없이 우체국에 들르고
아가씨의 고운 마음씨를 대접받고
홀짝홀짝 오가는 인정을 마신다.

# 여울에 닿으면

히말라야의 새처럼
밤새워 울다가, 울다가
여울에 닿으면
강물을 떠나가리라

맹세는 바람소리 설핏하고
약속은 머물 곳 없는 구름
그렇게 사랑도 피었다 지는 꽃잎

흘러가거라, 강물이여!
사랑도 아픔도 그리움도 있었는가,
기억만으로 행복하다는 가슴을 안고
흘러가거라, 강물이여!

저기 어느 전설의 섬으로 훨훨
날아가는 새를 보아라.

# 술 한 잔 앞에 놓고

코흘리개 친구끼리면
돌멩이처럼 벗었다고 허물이 아니다
마른 멸치, 고추장에 술 한 병이면
세상에서 제일 시끄러운 5일장이 선다

뉴스와 해설이 있고
정치평론은 필수이고
헛방귀가 요란한 군대 무용담에
오만 잡동사니 풍성하다

정치 하는 놈 하나같이 거짓말쟁이고
재벌들치고 도둑놈 아닌 놈 없고
잘 사는 놈들이 더 인색하고
쫀쫀하기론 가방끈 긴 놈이 젤이지
세상에 믿을 놈 하나 없다니까

도마에 갓 삶은 돼지고기 김이 펑펑 오르고
영양가 없는 대화도 김이 펑펑 오르고
어쩌다 세상은 멋대로 막가는 것인지
정상頂上에 서면 갈채 받을 수는 영 없는 것일까,
쓸쓸하다.

# 똥차

골목 어귀에
똥차가 서 있다

아이들은
코를 잡고 키득거리고,
함지박을 머리에 이고
아낙의 엉덩이는 갑자기 바빠지고
"향기 한 번 기가 막히네."
농부는 웃으면서 지나간다.

사람은
너나없이 똥차다.

중학교 시절 K교사는
장난질하는 녀석 불러 세우고
"너는 제분기야!" 소리치셨다.
제분기製糞機가 똥기계라는 뜻은
세월이 한참 지나고서야 알았다.

# 노란 작은 꽃

바람이 설핏
지나는 길섶

무당벌레
날아간
바위틈에

온 힘으로
피워낸
노란 작은 꽃

아, 거기
꼭 저만한
벌 하나 가슴에 묻고
취하여 있네.

# 수선화

잔설이 남은 돌담 밑
천지에 저만 피어나
바람에 흔들리고 있네

태양은 회색 구름 속에 들고
바람은 나목의 가지 끝에서 울고

겨우내 뒤척이던
그리움 있었나
산길 걸어오는
먼 약속을 기다리나

땅거미 내리는
바람의 빈들에
삭막한 향기로
노래 부르고 있네.

# 사이

나무들은 숲으로 살면서
지켜야 할 무엇이 있다는 듯이
저마다 사이를 두고 살아간다

사랑할수록 사이를 두고
바라보아야 한다

나무를 보면 안다
사랑하는 만큼 품지 않고
어린나무는 그늘 밖에 두어야
씩씩하게 자란다

부딪치면 깨어지기 쉽고
껴안을수록 가슴이 시리다는 것을
사랑을 해본 사람은 안다

저만치 떨어져서 보아라
사랑의 향기는 은은하고
그리움도 때로는
황홀한 아름다움이려니
사랑으로 해와 달은 영원한
그리움으로 돌고 있나니.

(문학저널 2008. 1월호)

# 소쩍새

제주토박이로 살면서
들어본 적이 없는
소쩍새는 뜻밖에도
고내봉高內峰에서 울고 있는 게 아닌가
나는 요즘 소월의 접동새로 하여
사뭇 범종의 긴 울림을 추스를 길 없다

소쩍새는 새벽에 우는 새인가
새벽 4시 반에 고내봉에 오르면
마치 기다리기라도 했다는 듯이
소쩍 소쩍, 설레며 울고 있다
필시 길을 잃었을 게야
필시 부모를 잃었을 게야, 어쩌다
땅 끝까지 흘러와서 피를 토하고 있나

음력 유월 열여드레
새벽 달빛 산길에 쓸쓸하고
파란 달빛을 우는 소쩍새,
저 울음에 겨워
가슴을 토하며 산을 오른다.

# 이른 봄

봄빛 부시어 잔설은
구석마다 눈물 흘리고
정든 숲을 떠난다고 바람은
가지 끝에 흐느끼고 있네

꿩꿩!, 까투리 부르는
장끼는 목이 쉬고
구구구, 다정한 멧비둘기
신방을 꾸미느라 바쁘고
풀대로 나무대로
봄빛 길어내랴 한창이네

봄이 왔네, 봄이 왔네!
샛노란 영춘화迎春花,
아침마다 나팔을 부네.

# 흙

지렁이는 고무줄처럼
긴 몸이 쏙— 빠져들고
부리나케 달아나는 딱정벌레,
지네는 그 많은 다리가 왜 필요한지?
풀잎에 여유롭던 달팽이
또르르 떨어지고
오글오글 깨알만한 것들

아하, 흙 한 삽 속에
저 작은 생명들이
좋은 이웃으로 살고 있었다는구먼
그래도 저것들 흙 파먹고 살아도
밥값이며 집세며 다 내고 산다는구먼.

# 분재 소나무의 꿈

너비 30cm, 폭 25cm  화분花盆,
그가 누릴 수 있는 한계 안을
희망도 좌절도 돌고 돌았다
언제부터 푸른 하늘을
날아가는 새는 그를 슬프게 했다
다만 자유를 꿈꾸며 한없이
별빛은 반짝이는 허무, 밤의 주술일 뿐.
예쁜 새집 하나 품고 싶었으나
그의 작은 품으로 날아오는 새는 없었다
하늘을 날아가리라, 소나무는
저 독수리의 금빛 날개를 꿈꾸었으나
전문가의 가위는 그의 꿈을 싹둑싹둑 잘라서
생존의 최소조건으로 축소하고는
예술이라고 지그시 눈을 감는 거였다
원예사의 꿈은 다만 작고 세련된 그림 하나
소나무는 먼 전설 속으로
천애의 절벽 위의 꿈의 기억,
천년소나무의 꿈으로 깊어갔다
그 적멸寂滅로 깊어가던 언제쯤,
웬 일이냐 그 오랜 꿈의 씨눈
그 빛나는 사리舍利는
끝내 지켜온 적신赤身의 기도祈禱,

온 몸의 진액으로 빚은 솔방울 하나
가을이 깊어가던 눈부신 날에
모든 익어가는 것들을 위하여
따사로운 햇빛은 은혜로 내리고
드디어 그의 오랜 녹슨 문을 열고
솔방울씨앗은 날개를 펴고 팔랑팔랑
파란 하늘을 날아가는 거였다
소나무는 생각하였다
길은 처음부터 있었다고
삶이 곧 꿈이라고, 그 길은
오직 꿈을 꾸는 자의 것이라고
세상을 향하여 소리쳐 외치면서
팔랑팔랑, 팔랑팔랑 날아가는 거였다.

# 꽃이 마음으로 피어나다

# 데생dessin

잘못 그어진 선이 있다
지우고 싶은 삶이 있다
새로 긋고 싶은 선이 있다
다시 그리고 싶은 삶이 있다

시간은 뒤돌아보지 않고
다시 그릴 수 없는
인생은 서글프다

아, 나는 습작 없이
명작으로 가는 길을 모르네

보아라, 어느 날 가다가
싹둑 잘린 인생 높이 들고,
나이테 하나 높이 들고
빛에 홀로 서리라

한 번이어서 소중하고
수정할 수 없어서 애틋하고
서툴고 흠이 있어서 내 것인 것을
그래서 아름다운 것을
감사드린다.

# 초추의 백사장

초가을 백사장은 빈 이야기로 쓸쓸하고
한여름 불타던 열정은 휴지로 뒹굴고 있네.

바람은 더욱 깔깔하여지고
파도도 범하지 못하는
저 아득히 누워 있는 공허
아직 여명도 망설이고
바닷게도 지나가지 않은
저 하얀 적멸寂滅의 여운餘韻,
처음의 족적足跡으로 걸어가네
첫 순정 같은 설레는 촉감, 나는
한 마리 끝없는 물새 발자국

여기 억겁의 모래톱에는
한 때 뜨거웠던 가슴들
차마 떨리는 인과를 지우고 있는가

돌아보니 너무 멀리 와버린
궤적의 긴 여운의 끝자락
흔적은 아득히 희미하고
첫 순정의 설렘은 아직
처음의 온기로 숨을 쉬고 있는데

바라보는 끝까지 보이지 않는 침묵의 공간
날마다 새 발자국으로 여백을 지워 가리
여명을 뿌리친 아침 햇살에 눈이 부시다.

# 하현下弦 달 1

동지가 지나면 해가 노루꼬리만큼씩 길어진다고는 하지만 3월의 새벽5시는 아직 캄캄하다. 웬일로 오늘은 새벽잠 설치고 30분이나 일찍 나서서 걷노라니 문득 사위가 환하다. 하, 날이 많이 길어졌구나, 했는데 구름 뒤에 숨었던 하현달이 내게 아는 체를 하는 거다. 어제도 그제도 그냥 제 모습일 터에 미처 깨닫지를 못하고 쫓기듯이 내 속에 묻혀 있었나보다.

간도 쓸개도 빼어주고
가난한 영혼
무명치마를 두르고 고요하다
눈치껏 사는 세상에서 저만
빛바랜 옛 향기로
하얗게 기울고 있다

한 세상 제대로 살 양이면
제 성질 삭혀야 사람냄새 난다하고
원하는 만큼씩만
헤아려 살면 어디가 덧나는지

제 속 다 퍼주고
비우고 살아야

저렇듯 선한
고요한 빛이라 하는데.

(혼 얼문학 2007. 11월호)

# 하현달 2

하현달은 구름 뒤에서
그리운 임, 가슴만 설레는
천성 시골처녀다
여린 달빛에 겨워
뜰에 섰노라니, 시골처녀
말끄러미 나를 보고 있었네

휘영청 보름달은
손 모아 비는 마음
어둠을 밝혀주지만
바라는 이 없고,
기다리는 이 없어
하현달은 슬프다

떠오르는 것이 기쁨이면
지는 것은 축복이라야 한다
어두운 곳에 슬픈 영혼들이 있어
남몰래 새벽이슬에 젖는
하현달은
저가 아름다운 줄을 모르고 산다.

(해동문학 2007. 겨울호)

# 샛별

물속 몰입을
포기한 해오라기
하릴없이 먼 하늘에
눈을 주고 서 있네

한겨울 새벽
아직 캄캄한 5시, 문득
동쪽하늘에
유난히 빛나는 별

아, 샛별!
순간 덜컹하는 가슴에
찌리릿 — 전류로 흐르는
외침, 저 별이 내 별이야!

별을 품고 살아야 한다
동쪽에 빛나는 약속.

# 백사장(허무)

떠나는 계절의 아쉬움인가
한여름 불태운 끝물 열정은
백사장의 한낮을 달구고 있네

산만한 널브러진 발자국들
한시절 뜨거웠던 흔적은
허공에 모래바람으로 흩날려가네
가슴을 껴안고 몸부림쳐도
영혼은 늘 혼자서 고독한 것
삶이 발린 조가비들의 빈 노래는
숨 막히는 공허의 지평을 열고 있다

새들은 하늘을 끌고 어디로 가고
하늬바람만 썰썰히 불어오는데
텅 빈 이 하얀 조개들의 무덤 위에
나는 왜 망연하여서
파도소리를 듣고 있는 것이냐.

# 아, 조 창호 소위
　— 납북拉北포로를 위하여

포로 된 지 43년 만에
귀환신고를 한 백발의 노병
대한민국 국군 조 창호 소위.
아, 그 때
조국의 명운이 낙동강 전선에
목이 졸려 헐떡일 때
열아홉 청춘을 조국에 바쳤다
중부전선 인제지구 전투에서
사자死者의 비석*으로 지워진 43년을
아예 인간은 살지 않는 짐승의 굴혈에서
대한민국 국군의 자존심으로 버티었다
차라리 사자死者이고 싶었던 막장 수십 년
몸은 피폐한 미라mirra, 들개처럼
뱀 개구리 쥐를 먹으면서 기어나왔다
인간 사육장의 죽음만도 못한 생존,
그래도 조국의 구원을 철석같이 믿고
목이 빠지는 50년의 비원悲願이 있었다
77시간의 죽음의 바다를 떠돌다가
돌아온 사자死者 육군 소위 조 창호, 그에게
마지막 사명은 역사의 증언대에서
오직 최후의 진술이 남아 있었다
오, 나의 조국 대한민국이여!

저 북녘 땅에 햇빛이 들게 하라!
사람이 사는 땅이게 하라!
국민을 버리지 말라!
절망하게 하지 말라!
최후의 증언을 외치고 잠든
고 조 창호 중위 영전에
삼가 명복을 빕니다.

(문예사조 2007. 7월호)

*사자의 비석 : 인터넷 검색에서 인용.

# 노란 손수건
　―납북 어부들을 위하여


나무는 그렇게 30년, 40년을 기다려
기원은 노란 손수건으로 펄럭이는 깃발입니다


젊음을 통째로 배에 싣고
큰 바다 너울로 출렁일 때
바다를 일구는 삶이
북으로 끌려가는 죄목이 되어
그 세월 저무는 부둣가에
오랜 기다림만 지쳐가고
무밍務望은 모가지만 길어지는데
비원은 바위로 있고
그리움은 바람으로만 분다


가난을 먹고 살면서
법 없이 사는 것이 죄가 되었나,
생이별로 까맣게 탄
강물은 기약 없이 흘러가는데
어차피 죽은 목숨
혼이라도 고향가리라
한 목숨 서너 번씩 담보하여
두만강도 건너고
어느 나라 대사관도 건너고

묻힐 곳 찾아와서
망부석 된 마누라 목을 안고 운다,
잃어버린 청춘을 목 놓아 부른다

새들은 오가는데
지척인 마음만 목말라가고
돌아갈 수 없는 강가에서
남녘하늘만 보다가, 보다가
눈이 빨간 귀신 다되어
수용소 군도를 떠도는
창백한 형제는 몇 백이런가
죽음보다 질긴 목숨
구름 되어 고향 갈거나,
넋으로나 고향 갈거나!

나무는 그렇게 30년, 40년을 기다리고
지쳐가는 눈들이 나무에 매달려
오천만 노란 손수건으로 펄럭입니다.

(문예사조 2007. 7월호)

# 하나에 하나면

콩이 하나면 반쪽씩
온 동네 손가락 헤며 사는 게
아득한 우리네 인정이다

새들은
여린 잎 하나도 흔들지 않고
구름은 하늘을 날아가는 새
깃털 하나 건드리지 않는데

계산기 욕심은 끝이 없고
컴퓨터는 남의 똥구녕까지 들여다보고
남 사는 일 그냥 두지 못해서
강물도 멍들어서 흐르는데
요새 천둥 벼락은 뭐하는지 몰라

하나에 하나면 하나인 것이
빗방울은 모여서 졸졸 흐른다
나누면서 하나 되려는 간절함에도
꼭 둘로 갈라져서 막가는 세상에
어제 떠난 이들은 맘 편하리

또 한 녘 이렇지요

천변만화하여야
사람 사는 세상이라고
아뿔싸, 그러네요, 그래서
최후의 심판*이 명작이 되는군요.


*최후의 심판 : 미켈란젤로의 시스틴 성당의 천정벽화.

# 말 1

말에도 씨가 있는지
이목구비가 반듯하여
사뭇 설레게 하고
막되 먹은 망종 있어
있는 속 다 뒤집고는 몰라라 한다

말에도 영혼이 있는지
잠깐 공기를 흔들고는
바람이듯 지나가지만
천 길 깊은 세월을 어디서 살다가
그리움이듯 종소리로 깨어나는가

까마득한 옛날을 문득
꺼내시는 이는 누구신지
"너는 선생이 될 거야."
초등 6년 때 나의 길이 된
선생님의 그 말씀 어디서 살다가
뜬금없이 말씀하시나,
그립다.

# 꽃이 마음으로 피어나다

꽃이 와글와글 피어서
사뭇 멀미가 나는데
내게는 도무지 무채색이다

꽃은
내 가난한 방
앉은뱅이책상 위에서
드디어 제 색깔로 피어나
그윽한 향기로 다가왔다

하늘에 온통 바람이 일 때에
내 마음 닻을 내리지 못할 때에
어느 다정한 마음 내게로 와서
드디어 꽃으로 피어났다

꽃은
마음을 살며시 열더니
사랑의 향기로
환하게 웃어주었다.

# Y여인의 미소

그녀의 쓸쓸한 미소는
슬픔인가, 체념인가
풀잎에 내리는 이슬인가

남편은 빚만 벌어오고
삼 남매의 엄마로
요양원의 케어로
Y여인은 저리는 어깨로
다섯 식구를 지고 간다

슬픔인 듯, 체념인 듯
미소는 스러지는 노을
이슬에 젖는 풀잎인가

바람 부는 방파제에 무릎을 싸고 앉아
소주 한 잔을 앞에 놓고, 그녀는
오늘도 노을 붉은 바다가 서러워
눈물 그렁그렁한 미소를 띄우네.

# 어느 카페를 찾아
　　—신엄중학교 제10회 카페에 들어가다


꿩지빌레* 팍팍한 터에
아침마다 한라산을 바라보며
그렇게 3년을 날개짓하더니
어느 날
숲으로 난 작은 길을 따라
다들 제 길로 떠나갔네

어디쯤 이끼 낀 여울목
클릭한 화면에 카페 하나 뜨고
먼 길 걸어온 사람들
커피향 같은 그리움
잊었던 옛날을 나누고 있다

이제는
떠날 때 품었던 것들
하나 둘 내려놓을 때
삶은 더욱 팍팍해지고
시름만 새치 늘어 가는데
쓸쓸하여라
천만 근을 지고 가는 이여

다시 신발 끈 고쳐 매고

떠나는 길에
주여,
하얀 눈 축복으로 내리소서
높낮은 골 평평하게 메우소서.




* 평지빌레 : 제주 신엄중학교 터를 이르는 옛 지명.

# 거미

솜씨 좋은 거미
정교한 집 한 채 짓고
돌처럼 엎드려 있다
보광사 스님처럼 참선에 든 것인가
잃어버린 세월을 그리워하는 걸까

가을 하늘 파란 하늘에
빨간 정열로 유영하는 고추잠자리
사랑에 눈이 멀었나, 그만 항로를 이탈하고
바람이 스쳤나 물결이 출렁한다

거미의 정치망에 든 잠자리
한쪽 날개를 파르르 떨고
절망의 유리알
이리저리 구원을 찾는다

스님의 참선이 끝나는 시간이
거미의 고독이 끝나는 시간이다
킬러의 인내가 끝나는 시간이다
천천히 아주 천천히 그리고 순식간에
전문가의 능숙한 솜씨로 염을 마친다

잠자리의 처절한 몸부림도
목이 쉰 절규도 이내 멎고
거미는 천천히, 아주 천천히
예의 느긋한 참선에 드는 거였다.

(창조문학 겨울호)

# 매미

염천炎天이다.
팔 월 중순의 한낮은 농부의
소금을 짜내는 염천鹽泉이다
매미의 계절, 매미들이 극성이다.

째---, 기분이 째---지네
아싸--, 기분 싸---하네

캄캄한 땅속 굼벵이로 17년,
그 오랜 그리움, 단 3주의 정사
긴긴 인종이 너무 서러웠나
허무하여, 허무하여
가슴을 쏟아놓고

푸른 달빛이 겨워
귀뚜라미는
그래그래, 짧아짧아
하얀 밤을 샌다 하고.

# 애월 하물

한라산을 오르는 길섶
바위틈에 작은 샘
거울보다 맑은 거룩한 물
공손히 두 손으로 받들어 마시니
신의 계시가 찌르르

내 고향에는 먼 조상 적부터
마을을 먹여온 전설처럼
장군물, 하물이 있다
언제부터 수돗물에 눈이 멀더니
하류는 매립하고
상머리엔 골프장이 타고 앉아
명줄을 끊어놓아
하얗게 말라가고 있다

물은 참, 딱도 하다
산천경계 좋은 곳에서
토끼랑 노루랑 놀지
어쩌다 세상으로 흘러나와
천대 받고 이 꼴로 죽어가나.

(창조문학 겨울호)

맑고 신선한
이 평화는
어느 별에서
발원하는 것일까

# 4

# 송림에 올라

# 내가 막고 있어서

캄캄한 세상이더니
한 녘으로 비켜나자
환하게 밝아오는 거였다

도무지 보이지 않더니
터줏대감을 내려놓자
비로소 한 없이 작은
나를 만날 수 있었다
많이도 찌들어 있었다

떠나지 않으면 만나지 못하고
비우고 나서야 고여 오는 거였다

떠나는 연습을 하자
삶을 뚫어 흐르게 하자
벽을 헐어 소통하게 하자

내게 간절한 기원,
하나님과 소통하는 것.

(문예사조 2007. 12월호)

# 송림에 올라


이른 아침
솔 울울한 숲에 오르면
나는
한 그루의 고결한 소나무

두 손을 활짝 펴고
하늘을 우러르면
세포는 낱낱이 솔잎으로 열리고
큰 숨 한 번에
가슴 가득 하늘이 들어온다

맑고 신선한
이 평화는
어느 별에서
발원하는 것일까

높게
곧게
하늘 우러러
엄숙한 소나무

푸른 침묵의

기원은
저 하늘 끝 어느
소망의 별에 닿아 있는가

(문예사조 2007. 5월호)

# 오늘도 걷는다

별들의 총총한 이야기
찬이슬 내리는 새벽길에
상념의 실타래 풀면서 가네
그 길에 깊어서 걸어가네

줄곧 따라온 끈적이는 그림자
바다에 버렸거나 잃어버린 것들
차라리 품어서 가라 한다
그리우면 그리워하라
슬프면 울면서 가라, 그러면
혼자 걸어가도 외롭지 않은 여행

삶이란 언제나 바람 불어 가는 것
다만 연어의 본성으로 헤아려 가리
파도 높고 거칠어도 거뜬히 가리
울면서, 그래도 웃으면서
목젖 울먹여도 노래 부르면서 가리

# 물 1

물은 구름 높은 산에서
낮은 곳으로
먼 길 돌아서
스스로 길이 되어 간다

운둔자의 숲에는
새들의 청아한 노래
졸졸졸 목례로 목소리 낮추고
네온의 본능이 치열한 도시의 밤
녹슨 문명의 하수구를 열어
용서와 치유와 사랑으로 흐른다

바다로 흘러가는 강가에
달리는 자여, 꿈을 꾸어라
연인들이여, 가슴으로 사랑하라
자유를 부르짖는 자여
어두운 곳에 평화를 기원하라

살아 있는 모든 생명들 위에
물은 어머니
오직 사랑으로만 흐른다 하네
하나님의 섭리로만 흐른다 하네.

# 끝없는 길

나비는 날아서 구름으로 가고
새들은 하늘에서 강으로 오네
나뭇잎은 나무에서 흔들거리고
풀숲의 벌레들의 노래는 끝이 없네

우주가 걸어가고 있네

노래를 부르고
강가를 달리고
꿈을 꾸면서
어디로, 왜 가는지
다 알고 있다는 표정으로
문제없이 내닫고 있네

저 산을 돌아가면
쉴 곳이 있을까
길은 또 어디로 가고 있을까
아무도 관심 없는 일에
나는 왜 숨이 가빠오는가

때로는 언제나 해맑은 날에
때로는 언제나 비바람이 치고

무지개는 산 너머 늘 거기에 있고
안개 내리는 숲을 걸어간 끝에
다리 너머로 길은 시작된다고 하는데.

# 숲은 바람의 집

1

숲은 바람의 집

흥부의 제비처럼 바다를 건너
꽃씨를 물고 달려온 봄바람은
생울타리를 덮은 개나리
일제히 일어나 자지러지게 웃고
교회 마당의 벗꽃은 흐드러져
마당 가득 하얀 만나*를 내리고
윗새오름 철쭉은 붉게 피어나
한라산에 분홍꽃구름이 흐르고
숲으로 들어와서 바람은
흐뭇한 한낮을 흔들거리고 있네.

2

숲은 바람의 어머니

저 시베리아를 달려온
겨울바람은 흐느끼는 비창悲愴
하늘도 땅도 얼어붙고
죽음의 노래를 합창하는 요덕스토리
아이들은 미라, 눈만 남아 하늘을 보네

분단 반세기에 굳건한 이질의 철조망
남녘은 부조리와 갈등의 대지,
원형질의 탐욕에는 끝이 없는지
도도히 흐르는 검은 강물에는
찢어지는 본능의 신음소리가 흐른다
한바탕 미치고 싶은 바람은 숲에서
나무를 붙들고 잉잉 울고 있다.


* 만나 : 이스라엘 백성이 광야에서 떠돌 때 하늘에서 내린 양식.

# 가랑잎

한 줄기
바람 따라온
가랑잎 하나

내게로 다가와
머뭇머뭇하더니
이내
길을 재촉하여 가네


무정한 나
모른 척하였구나,
딴청을 하고 있었구나

외로운 가랑잎
어디를 헤매고 있을까.

# 김金 노인의 길

5일장 대장장이 김金 노인
시뻘건 쇠막대로
호미를 만드는 재주가 볼 만하다
달구고 두드리고 꼬부렸다 폈다 수십 번에
마무리 물 담금질하는데
푸시시-----
노인네 한숨이 뿌옇게 눈앞을 가린다

6·25난리에
물 막은 섬으로 흘러와서
배운 재주 없이 열다섯 살 어른으로 이제껏
심장을 녹이며 시뻘건 쇳물로 살아왔단다
어느 자식 대를 잇겠다는 놈 없지만
있다 해도 칼을 물고 말리겠다는 김金 노인
그래도 배운 게 도적질이라고
쇠망치 들 힘이 있을 때까진 손 놓지 않겠단다
쇠막대가 호미 되어 나올 때마다
매 번 좋기만 하다는 김金 노인
지가 좋으면 다 예술이라며 씩 웃는 거였다
천직이 따로 있느냐는 거였다

저마다 사는 길이 있어

한사코 대장장이로 가겠다는
김金 노인의 길은
고독한 인생의 길이다.

(문예사조 2007. 5월호)

# 바람 부는 날이면

보광사 오르는 길에
숲의 서늘한 흐느낌과
풀꽃들의 떨리는 몸짓과
산새들은 소리만 있는데
저 질펀한 들판에 출렁이는 바람
억새도 띠도, 누었다 일어났다
제자리를 억세게 버티고 있다.

능선 따라 촘촘한 무덤마을에
오늘을 그렇게 살고 싶었던 사람들이
어제 주민등록을 옮겨왔다고 하는데
저리도 가슴 빵빵한 사연은 무엇인지
"여보시오, 댁들은 평안하신가?"
"혹 내게 하고 싶은 말은 없으신지?"
침묵의 마을에 메아리만 살고

어제와 오늘 그 사이에
대화는 영영 단절되고
저 바람 불어오는 서글픔.

# 재판

어느 날 졸지에
팔자에 없는 판사가 되었다
절친한 두 친구 사이에서
어쩌다 내가 심판자가 되었는지
떠오를 때마다 후회가 막급하다

사업이 기울자 도일하여 소문날 만큼 만회한 X
친구의 빚보증으로 이리저리 시달리는 Y
기억에 의존하고 있는 사람
빛바랜 수첩을 보물처럼 간직하고 있는 사람
서로가 오래된 묵은 먼지 훌훌 털어내고 싶지만
돈 귀신은 오가는 과정에서 꼭 이간질을 하는 거다

차액은 10, 고민 끝에
"두 사람 각각 5씩 손해를 보시오."
명판사나 된 듯이 명쾌하게 자르고
못마땅한 얼굴로 승복한 두 사람
참 멋있는 재판 아닌가, 그런데
그 이후 다시 만나지 못하는 한 친구.

# 안개비를 맞으며

안개인 듯 비는 내리고
비 아닌 듯 비를 맞으며
고내봉도, 나무들도 비를 내리네

가지 않는 듯 날은 삭아가고
젖지 않는 듯 젖어서 내리는 비
방울방울 모여서 졸졸 흐르는
슬픈 오솔길은 숲속으로 가네

피한다고 비가 오지 않으며
숨는다고 바람이 불지 않으랴

좌선에 든 고내봉
안개비는 무장 침묵으로 내리고
손을 흔들며, 손을 흔들며
고요해지리라, 무심하리라
다만 생각을 하며.

# 마파람이 부는데

마파람에 하릴없이 나서네
갯가 너럭바위는 매번 허전하고
지친 해 풍덩 물속으로 들 때
노을로 타는 먼 풋사랑

마파람은 무엇이 막혀서
자꾸만 바다를 밀어내려 하고
물결은 무슨 애달픔으로
자꾸만 뭍으로만 달려오나

에라, 바다야!
젖은 생각일랑 너나 가져라
허무처럼 어둠은 내리는데
바다를 포획하려는 배는
일만 촉 집어등을 밝히고
오징어를 깨워 주술을 걸고 있다
이 밤, 나는 또
어디론가 가기는 가야 할 텐데.

(해동문학 2007. 겨울호)

# 여행

배는 유성, 하얀 꼬리를 흔들고
한라산은 이내 먼 구름 속으로 들었다
가는 곳마다 다를 게 없는 세상
산과 나무와 바다가 있고
설렘도 없이 사람들만 와글대었다
항구엔 항구를 먹고 사는 사람들이 산다
호객하는 식당과 여관이 있고
여름 불볕더위를 나르는 짐꾼이 있고
나무 아래 나무의자에
돌아올 사람이 있다는 듯이
노을을 기다리는 노인이 있다

어디나 일과처럼 삶이 벅적이고
이 길, 먼저 간 사람들의 길 위에
나는 이방인, 풀풀 운명을 밟으면서
수 없이 다가오는 낯선 얼굴들과
지나가는 숱한 익숙한 뒷모습으로
모래의 강물에 흐르고 있다

생선 비릿한 부두에
여인의 손짓이 있고
치열한 삶의 몸짓이 있고

좌판에 순박한 전라도사투리가 있고
담백한 멍게 안주에 소주 한 잔에
의미도 없이 고향을 들먹거리며
하늘도 바다도 여인의 얼굴도
노을에 젖어서 붉은 삶이 가고 있다.

# 시계

은퇴하여 손을 놓은 자에게
시계가 할 일은 없다지만
하루는 너무 길고 잔인하다
시계가 필요 없는 삶이 두려워서
사람들은 무장 시계를 차고 다닌다

공원에서 날을 파는 사람도
중요한 일을 깜박했다는 듯이
"몇 시요?" 묻고
전철역에 하숙을 정한 사람도
일도 없이 시간을 기다리고 있다

남아도는 시간이 목을 조여도
시간은 저축되지 않는다

삶의 뒷전으로 물러나 앉아서
여시 잠을 자고 밤을 새기도 한다
캄캄한 밤에 시계소리를 들어보아라
나는 이제껏 그렇게 큰 소리로
무섭게 외치는 시계를 본 적이 없다.

재깍재깍 시계는 거대한 거미,

끈끈한 줄을 한정 없이 흘리면서
순식간에 내 손발을 꽁꽁 묶고 말았다
어둠인지 밝음인지 전연 분간이 안 되는
생소한 곳으로 둥 둥 떠내려가는 거였다
'아, 이것이 죽음인 거구나!'
왈칵 두려움이 밀려왔다
오금이 저리고 옴짝도 할 수 없다
옆의 마누라를 아무리 불러도,
아무리 외쳐도 소리는 나오지 않고
"악!"
젖 먹던 힘을 다해 걷어찼다.

재깍재깍 시계는
예의 단정한 소리로
희뿌연 새벽으로 가고
창문에 여명이 밝아오고 있었다
온몸이 땀으로 흠뻑 젖었다
마음이 간절하여 두 손을 모았다.

# 행복 2


행복은
때때로 젖어오는 옛날
뜬금없이 떠오르는 미소
오랜 제자의 전화 한 통
무선으로 물 건너온 손녀
늙은 마누라 미인이라고, "하하하" 웃고
이끼 낀 우정, 한 잔의 대화

행복은 화선지에
꽃처럼 번지는 그리움 한 방울
눈물 나는 파란 하늘
바람 따라가는 산책길
오순도순 벌레들의 놀라운 삶
먼 산, 눈 시린 한 편의 시
나의 길, 나의 노래
이 모든 것을 사랑하는 것
이 모든 것을 감사하는 것.

# 안개 1


하늘이 몰래 땅으로 내려오네
안개로 천지를 두르고 내려오네
하늘과 땅, 눈으로만
그리운 세월이 너무 깊었나

고고孤高와 고독孤獨은 뿌리가 하나인지
때로는 높이 살려는 것이
지독한 외로움인지도 모르지
하늘이 너무 높아서
하늘로 가는 사다리가 없었는지
그리움만 하늘만큼 했나보지

참 이상하다, 사람들은
세상 이치는 다 아는 듯이
들끓더니 안개가 내려오자
물속처럼 조용하게 가라앉고
한 치 앞을 다투던 차들도 거북이 되네

하늘의 빨래이듯
안개를 거두어 가자
이내 파랗게 깊어지더니 드디어
세상이 부글부글 들끓기 시작하는 거였다.

# 우주 어딘가에는

꿈같은 얘기로 러시아의 로켓 타고
휑하니 우주 한 바퀴 돌아오리라

운치를 꾸민다고
신발장에 올려놓은 분재盆栽
누가 명당이라고 했는지
개미들이 만리장성으로
대이동을 하고 있다

저 부지런한 것들
저 쬐그만 것들
스핑크스처럼 앉은 나를
하나님으로 착각하지나 않을까

포식한 해오라기
외발로 서서 졸고 있다
눈깔사탕만한 지구 어디쯤
툇마루에 사리고 앉아
오라는 사람도, 갈 곳도 없어
내 삶을 생각한다
죽음을 들여다본다
어느 별을 그리워한다.

(창조문학 겨울호)

# 5

# 생명은 사랑입니다

# 하루살이

여름의 끝자락에
하루살이는
방충망 좁은 틈새로
기를 쓰고
부득부득 날아들고

세상에서 제일 짧은
생을 마감한다

방을 쓸었더니
새까맣게 집적되는 잔해殘骸

사랑하고
번민하고
그리워하고
단 하루의 생애
치열한 삶의 흔적.

(해동문학 2007. 겨울호)

# 생명은 사랑입니다

처음 사랑이 있습니다.
십자가에서 흘러내린 피
출렁이며 바다로 갔습니다

또 미움이 있습니다
미움은 죽음의 다른 이름
세상의 미움으로
3일 동안 캄캄하였습니다

사랑과 미움은 동전의 양면인가요
뒤집어도, 뒤집어도
가까운 듯 너무 멀었습니다

높은 곳에는 나만 있고
낮게 엎드리면
모두가 다정한 이웃

나의 그대여, 어찌하여
시간이 머무는 그 곳에
나는 타오르지 못하는 걸까요

스스로 불태워서

생명의 길이 되는 촛불
그대는 진정한 사랑입니다.

# 아기들을 위한 기도
―주사랑어린이집 원아들을 위하여


어둠을 삭이고 아침 해
아기 등에 노란 가방 눈부시고
엄마를 나서며 손 흔들어 언 땅에
일어서는 떡잎이게 하소서.


밝은 노래, 신나는 춤
갈등의 골 메워지고
인습의 강에 내리는 비
새 물로 흐르게 하소서.


말씀으로 내린 사랑
겨자씨 옥토에 뿌리시고
저 눈 밭에 노루
눈雪으로 씻은 눈目으로
편견과 미움을 덮게 하소서.


주여, 말씀의 풀무로
속이 꽉 찬 석류같이
숲을 갓 지나온 바람같이
깊은 골 이른 아침 샘물같이
우는 아이 따라 울어주는 따뜻한
그런 아이로 자라게 하소서.

당신의 사랑으로
약속하신 은총으로
정녕 이 땅의 그 미래이게 하소서.

# 마음이 가난한 사람

오랜 항해 끝에
갯가에 엎드린
낡은 목선
영혼의 신음소리를 듣는다

솟대 끝에 저무는 고독
저 너울지는 섬의 번뇌,
나무처럼 하늘 우러러 서리라
바람 한 자락 붙잡고
떨고 있는 풀잎 서원

길이 보이지 않는 어둠 속에
한 없이 엎드릴 때
저 깊고 무거운 종소리
'위선의 안경과 허세의 모자를 벗어라.'

허상을 내려놓고, 오직
진실한 가슴을 소원할 때
녹슨 문을 열고
겸손한 자리로 내리시는 말씀
'마음이 가난한 자는 복이 있나니.'

# 하나님의 은사

음성을 들었노라고
성령을 체험하였노라고
주의 환상을 보았노라고
은총을 기다리는 떨리는 영혼

임에게 의뢰한 삶, 그 세월에
나무처럼 서서 무장 눈을 감고 있어도
내 차려입은 옷이
때에 절고, 너무 누추하다

'오직 주 앞에 진실하기를.'
저 깃대 끝에 위태한 침묵
끝없는 나의 기도,
연약한 내 영혼의 길.

뒤에서 사랑의 열매 하나 달고
TV, 사랑의 리퀘스트에 눈물 보태고
트롯을 틀고 가는 이에게
용기를 내어 천 원 한 장 넣고
부끄럽고 가슴이 아픕니다.

# 기다리는 사람들

주사랑요양원에는
정신을 놓고 무장 해제된 52명의 노인
순간순간 아련한 기억의 편린들을 줍고 있다
황국신민의 수탈의 계절에 태어나
허기진 유년을 초근목피로 나더니
4·3의 미친 바람 모질게 몰아쳐서
살육의 광장에 부모의 비원을 묻고
6·25 폭풍에 죽다 남은 명줄로
이제 더는 물러설 곳 없어, 여기
고달픈 짐 내려놓고 있다
아, 어깨에 매달린 생 어찌하랴
흙 속에 묻으며, 묻으며 살아온
끈끈한 삶의 끝자락에서
운명처럼 놓지 못하는 그리움으로
지난날들을 헤고, 또 헤고 있다
때로는 어린이집 원아들의 재롱에
잃어버린 미소를 돌아보고
때로는 캐어CARE의 봉사로
아들딸의 빈자리를 대신하여
진자리 갈아주고, 동문서답의 대화로
죽음보다 두려운 시간을 지우고 있다
그래도, 그래도 바람 횡횡 뚫린 가슴

유리창 너머 먼 하늘에, 영어□□의 영혼
목을 늘이고 기다리는 것은 무엇인가
하나님이여, 이들을 예비한
사랑은 어느 만큼입니까
가난한 영혼을 품으소서
하늘의 평화를 내리소서.

# 정죄定罪

가나안 여인은
사시나무 잎으로 떨고
사람들의 손에 손에
성난 돌들이 떨고 있다.

(이 간음한 여인에게 누가 돌을 던질 것인가?)

돌은 점점 저주로 타오르고
심장은 퍽퍽 가파르게 소리치고
허파는 거친 숨을 헐떡거리고 있네

"누구든지 죄 없는 사람이 돌로 치시오!"

그 때 돌연히
내가 움켜쥔 돌은 부르르 몸을 떨더니
나를 벌겋게 노려보는 게 아닌가
덜컥 겁이 나서 나는 얼른 돌을 버렸다
웬 일인가
내가 버린 돌, 사람들이 버린 돌들,
돌들은 일제히 일어나서 나에게
거친 숨을 몰아쉬고 있는 게 아닌가.

(문학저널 2008. 1월호)

# 행복 1

아프리카 여인처럼
목을 길게 늘이고들 있네
바라는 마음들이 간절한 거리에
표정 없는 눈빛들이 범람하고 있네

"이 아름다운 지구에서 숨을 쉬는 것만으로 행복하다."
휠체어를 탄 어느 장애인의 고백.

언제였나
창을 닫고 앉아 울고 싶을  때
풀꽃들의 미소가 반짝이고
휘파람새는 연신 휘파람을 불고
텃밭에 주먹만 한 아내가 슬펐네
행복은 작은 눈빛으로 오는 것
슬픈 세상에 손잡고 울 수 있다면
마음은 푸른 하늘을 보나니
참 늦은 깨달음으로 행복을 바라보네

울고 싶어
조용히 기도드리네.

(문예사조 2007. 12월호)

# 옷

옷이 날개라 하여 남이야 뭐라던
눈귀 막고 개성으로 산다지만
때로는 아찔하여 고개를 돌린다

주변머리가 없는 나
시행착오만 하는 나
꼭 어깃장을 놓는 자가
남이 아닌 나일 때가 있다
생각까지도 허방을 헤매고
엉뚱하여 낯 붉어질 때가 있다

나는 빌려 입은 옷인가
빌려 입은 옷이면
소중하게 잘 입어야 할 터
언젠가 주인이
내어 놓으라 할 때에
깨끗하게 세탁하여 뒀다가
열백 번 절하고 돌려드려야 할 터인데……

# 부활復活


처음 빚을 지고 나왔습니다
어머니의 짐이 또 한 짐이고요
목줄에 헐떡이는 생명,
줄곧 걸어온 길이 참 무겁습니다

자궁을 떠날 때 고통이
앙— 울음을 터뜨렸고요
사는 것이 고통인데
사랑은 더 큰 고통이라 합니다

아담의 죄의 강물은
삶을 지고 가는 나의 길이 되어
죄의 삶을 지고 사망으로 가는 길인데
저 태양의 열기가
더 이상 온기가 아닌 하늘에서
결산서가 내려온다고 합니다

태어나서 시작된 죄가
걸어서 죽음에 이르고
죽음의 값을 치러야
생명으로 가는데, 오직
그 길은 십자가라고 합니다

사랑이 없는 생명은 없기에
사랑이 죽어서 길을 열었습니다
살아서 죽고, 죽어서 사는 길은
죄에 죽고 의에 사는
다만 부활의 길이라 합니다

오직 우리의 의는
예수님의 사랑뿐이랍니다.

# 물 2

물은
네모나 둥근 그릇의
마음에 맡겨서 산다
곧거나 굽거나 사랑은
길을 따라 낮은 데로 내린다

물은
누구를 미워하지도
아무도 밀어내지도 않고
처음의 순정으로만
제 길을 잊은 적이 없다한다

물은
처음부터 길이었고
스스로 길이 되어
오직 바다로만 간다한다
한 번도 사랑을,
섭리를 잊은 적이 없다한다.

# 돌멩이

굴러다니다가
돌멩이가 되었다고 한다
굴러다니지 않으면
돌멩이가 아니라고 한다
구를 때마다 독은 오르고
속으로만 얼음처럼 웅크려서
폭탄처럼 부글부글 끓다가
채이면 발 뿌리를 물고
튕길 때면 이마로 받아 넘겼다.

숲으로 굴러온 돌멩이
아침마다 이슬로 씻더니
제 성질 삭일 줄 알고
조용히 사는 법을 터득하였다
숲의 침묵으로 오랜 세월
흙 속으로 깊어지더니
나리꽃 사랑 가슴에 품고
한 송이 나비처럼 팔락거리네.

# 교감 交感

아침놀 저녁비요
저녁놀 아침비요

돌아앉은 아내의 등짝이
'무겁구나, 가볍구나.'
표정 없이 앉았어도
도사려 앉은 속을 본다

살벌해지는 풍족豊足,
사람이 무서운 세상
머잖아 차보다 낙타가 필요할 테고
쓰나미가 지구 한 쪽을 쓸어갈 테고
흙이 말기 암으로 병원 문을 두드릴 테고

요즘
하나님의 심기가
몹시 불편하시다고
날로 그 숨소리가
높아가고 있다.

# 목이 마르다

짧은 길,
먼 길에
목이 마르다.

사는 일은 무엇이며
찾아 헤매는 것은 무엇인가?
자유의 한계는 어디까지며
탐욕의 한계는 있는 것인가?

어이— 어이—
수평선을 부르는 자여,
불어오는 그리움에 흔들려가고
서러운 비라도 맞으며 가자

오늘도 낙타는
빈 몸으로 사막을 건너가고
무거운 짐을 지고 가는 사람아,
목이 마르다.

# 목자

푸른 들판으로, 맑은 시냇가로
양떼를 몰고 가는 목자는
하늘 문을 말씀으로 여시는
오직 사랑으로 세상을 밝히는 빛,
티 없이 맑은 명경明鏡같은……

목자는 고독하다
모노드라마의 고독과 긴장
엄숙한 검은 가운 속에
몸부림치는 인간의 고뇌
어둠 속에서 번득이는 눈들
사랑과 공의의 옷을 입고
반 발자국인들 헛딛을 것인가

옛적 대제사장은 지성소에 들 때마다
흠 없는 송아지 심장의 피로 희생을 삼았다
새벽 제단에 쥐가 나도록
엎드리지 않고서야 감당할 수 있으랴
목자의 길은 땅이 되어 걸어가는 길
나를 버리고서야 질 수 있는 십자가.

# 일급 정비사

한 때 나는
내가 소중한 줄을 모르고 살았다

눈을 떠서 세상을 보면서
예수는 사숙私淑할 위인偉人,
인생의 잣대라 했다
대궁만 껑충 나온 상사화
정비하지 않아 녹슨 세월에
폐기할 때를 기다리는 차량

풀리지 않는 실타래
칼질로 마구 베어내고
길을 잃어버리고 싶을 때
나를 부르는 그 음성은 뜻밖에도
책꽂이 구석에 꽂혀 있던 예수
그 분이 나의 문고리를 꼭 잡고 있었다

내가 버리겠다는 나를 그 분은
나의 향기로 다시 피어나게 하였다.

# 숨을 쉰다는 것은

하늘, 땅, 바다
숨을 쉰다는 것이다

사랑과 별들의 이야기와
아이들이 꿈꾸는 무지개
나뭇잎 새에 숨겨진 새집과
꽃, 나비, 바람의 춤, 그리고
그 속에 숨을 쉬는 섭리

하늘, 땅, 바다
숨을 끊을 때가 있다는 것이다

구멍 뚫린 하늘과
허파에 쌓이는 황사,
녹아내리는 남극의 빙하와
애월涯月* 앞바다에 피는 백화

숨을 끊는다는 것은
신의 자리에 앉은
인간의 탐욕.

* 애월涯月 : 제주도 제주시 소재 애월리.

## 6

불꽃은 작아도 끄름은 없었지
동지섣달 밤이 이슥하여도
기운데 기우고 다시 기워서
무릎, 팔꿈치, 궁둥이가
어머니의 사랑으로 두둑하였지

# 어머니의 등잔불

# 인동초忍冬草

파란 하늘로
신록을 차려 입은 찬란한 6월,
누구의 집인지, 유택幽宅에도
소월의 금잔디가 불붙고 있네

흐드러진 하얀 꽃 산담*을 덮고
인동忍冬의 진한 향기 가슴 후려내는
6월의 여인이 너, 인동초忍冬草였구나

너나없이 손 놓고 떠나는 계절
그 독한 겨울을 인동초忍冬草, 너는
잎새 하나 놓지 못하고 견디었구나
그러자고 질긴 목숨 저 살찌우지 못하고
실처럼 가는 명줄로 땅바닥을 기어왔구나

고고한 네 향기
네 여린 꽃잎의 꿈으로
혹한의 겨울을 풀어낸 것이더냐.

(문예사조 2007. 5월호)


*산담 : 제주도에서 묘지를 두르고 있는 나지막한 울타리를 말함.

# 갯가의 소년

장마 끝에 우르르 나와
별들의 수다는 끝이 없고
포구엔 서글피 부는 바람
순정을 잃은 바다는 흐느끼고 있네

갯가에는 소년이 있고
바다를 기다리는 소년이 있고
노을로 돌아오는 목선에
뱃머리에 장군처럼 아버지가 웃고
만선의 인심이 너그러운 포구
너울에 일렁이는 파란 달빛과
이마에 별을 달고 달아나는 멸치들
포구의 숨소리는 언제나 고즈넉하였다

소년은 떠나가고
늙은 나그네 방파제를 서성거리네
배들의 항구에 마파람은 스산하고
소년도 아버지도 노을도 돛단배도
먼 그리움만 을씨년스럽다
탐욕의 불야성이 출렁이는 바다
싹쓸이 그물이 쓸어가는 바다에서
석유 끄름만 불어오는 이 밤

달빛노래 그리워하는 이여!
이어도 사나, 이어도 사나,
노 젓는 소리 그리워하는 이여!

# 옛집

돌담 긴 골목 끝
이제는 없어진 초가집, 나는
지금도 그 집에 살고 있다.

빨랫줄에 허드레 날리고
그처럼 가난이 펄럭이던 집
어미 품에 굴비 엮인 네 오뉘
큰 양푼에 퍼온 보리밥은 달음박질하여
금세 바닥 긁는 소리가 싸움박질 하였지

밭에서 해가 뜨고 지는 어머니
그렇게 작은 누나는
비오는 날이 학교 가는 일요일
쌍둥이 형들은 동네 닭들을 모아다가
닭싸움 시키느라 날 가는 줄 몰랐고
나는 왼 종일 일도 없이 차부에 앉아서
오가는 버스를 기다리면서 날이 저물었지

홀어미자식 소리 안 듣게 한다고
이녁 새끼들 장님 안 만들겠다고
늘 충혈 된 눈으로 어머니,
예서 꿔서 제 갚고

제서 꿔서 예 갚고
봄가을 농사져서 빚을 갚고는
긴긴 춘궁기를 헉헉거렸지

땅강아지 생이 서러우셨나
"저 것들 거지될 텐데 어찌 눈을 감아?" 하시며
어찌 눈을 감으셨는지, 우리 어머니

어머니 소원을 들으셨나
큰형은 초등학교 교장 은퇴하고
쌍둥이 작은 형은 목사 은퇴하고
나는 중등교사로 은퇴하고
바지런한 누나는 촌부자 일 부자
하나님의 은혜가 너무나 고마우시다

생각하면 지금도 배가 고파오는 집
보릿가루 해초범벅에
나물국 두 사발씩 들이켰던 긴긴 춘궁기
다행히 텃밭에 사철 나물이 푸르러서
나물국만은 원 없이 먹을 수 있었던 집

돌담 긴 골목 끝

지금은 없는 집
허드레 날리듯 가난이 부자이던 집
지금도 떠나지 못하고 그 집에 산다.

# 나무

땅속에 뿌리를 박고 있어도 나무는
스스로 맹렬히 타오르고 있다
보아라, 세상의 길보다 더 많은
생명의 길을 열어
두더지보다 더  예리한 눈으로
물은 몇 만 동이를 퍼 올리고 있는가
나무는 어머니의 사랑으로 타오르고 있다.

새들은 새끼들만 데리고 떠나가지만
바람은 인사도 없이 떠나가지만
매미처럼 노래만 부를 수 없는 나무는
한여름 밤의 화톳불 사그라지는 끝으로
소리 없이 다가오는 가을의 어느 날
예정된 이별을 위하여
거룩한 이별을 위하여
새벽이슬에 젖는 어머니의 기도라고 한다.

(해동문학 2007.  겨울호)

# 빚진 자

아내가 둘째를 낳고서 이런 말을 하였다 산고가 시작되고 동네 산파에게 목숨을 맡기고

방으로 들어가면서 '다시 이 신을 신을 수 있을까?' 적이 처연하더라는 것이다

우리 아이들이 엄마의 비장한 심정을 짐작이나 할런지

나면서 진 빚을 일생 지고 산다 쉽게 자식을 버리고 와해되는 세상, 내 빚이 더욱 무겁고 가슴이 아프다

까막눈 안 만들겠다고 옆집도 뒷집도 안 보내는 중학교를 순전히 깡다구로 보내놓고 소처럼 일만 하다 돌아가신 어머니, 고졸인 내가 교사전형에 붙었다는 통보를 받고 나는 초등학교 운동장 100M코스를 단숨에 달렸다 소나무 아래 앉았는데 눈물이 펑펑 쏟아지는 거였다

어머니, 못난 아들 첫 월급으로 따뜻한 내의 한 벌 입으시고, 김이 펑펑 오르는 하얀 쌀밥 고봉으로 한 상 잘 잡숫고 가시지 그랬어요.

# 꽃보다 아름다운 것

'한 송이 국화꽃을 피우기 위해
봄부터 소쩍새는 그렇게 울었나 보다.'

미당의 국화꽃 노오란 향기,
그 앞에 말을 잃고 섰는데 문득
빙산의 7/8은 물속에서
빛도 없이 묵묵하여 산다는 거였다

순간도 없이 온 몸으로
추상화를 그리는 구름은
하늘이 아름다운 이유를 안다
한 송이 국화꽃의 서러운 노래는
오로지 빛을 거부하는 광부,
캄캄한 땅속의 생을 사는 어머니

이우는 꽃잎을 슬퍼하지 마라
국화꽃 한 송이를 위하여
흙으로 살아가는
꽃보다 거룩한 헌신을 사모하라
엄숙한 인사를 잊지 말라.

# 슬픈 소풍
　　—초등학교 3학년 봄 소풍


손가락 헤던 소풍날 아침에 소풍가지 말라는 어머니의 청천
벽력. 작년 가을걷이가 대흉년, 메마른 춘궁기春窮期에 해초
海草가 태반인 범벅도시락으로는 보낼 수 없다는 어머니, 마
당에 앉아 울기를 한 시간여, 빗자루를 들고 쫓아오시는 어
머니, 도망가는 나, 그렇게 술래잡기 몇 차례, 보다 못한 바
깥채 아주머니가 보리밥 한 사발을 들고 왔다.
(바깥채네 오라비는 이 마을에서 소문난 부자.)

반지기* 아닌 걸 미안하다시며
제사 때 쓸 마른 생선 반 토막을 구워서
사랑을 싸주시는 어머니, 그 눈에
눈물이 그렁그렁하였다
도시락보자기를 허리춤에 동이고
목을 끌꺽대며 뛰어갔는데 그날은
웬일로 아이들이 반 수 남짓하였다

해마다 돌아오는 어머니 제祭일,
그 일이 사무쳐서 가슴을 친다
그 날 결석한 아이들이 가슴을 친다
그렁그렁한 어머니 눈물이 가슴을 친다

보리밥 한 사발에

무력감으로, 그 날
가슴이 무너졌으리, 내 어머니
슬픔이 바다만큼 하였으리
그 일이 맺혀 꿈에도 안 오시는지
우리 어머니.

＊반지기 : 보리밥 지을 때 한쪽 구석에 쌀 한줌을 넣으면 보리와 쌀이 반반
  섞인 한 사발 정도의 밥이 된다. 쌀이 안 나는 50년대의 제주도의 실정.

# 좁은 문
　　—좁은 문으로 들어가라


넓은 문은 아예 없었습니다
그 많은 집들과 달리는 차들과
밀리는 인파 속에서도
열린 문이 없어, 돌멩이는
구르다가 말리라 하였습니다.


"오죽헌 도채비 해낮이 나돌아"* 입에 달고
벌건 눈으로 혹사하시던 모정은 떠나서도
차마 민둥 벌거숭이를 눈 못 감으시고
비틀거릴 때마다 뚫어져라 보고 계셨습니다.


그리고 말씀이 계셨습니다.
6·25 난리통에 태평양을 건너온 구호물자,
그 안에 나의 발목을 잡은 말씀이 있었습니다
방황할 때마다 내 멱살을 꽉 잡고 끌고 간 그 말씀.


아, 세월은 아득히 갔어도
어머니의 비원은 지금도 가슴에 울고
공기파장은 소진하였어도 말씀은 끝까지
멱살을 잡고 놓지를 않으시네
"좁은 문으로 들어가라!"
넓은 문을 한사코 막고 계신 이,

그 분이 선하시니, 나
좁은 문으로 들어가리라.

(문학시대 2008. 신년호)

* 오죽헌 도체비 해낮이 나돌아 : 야행성 도깨비가 오죽 궁하면 대낮에 돌
  아다닐까? 라는 뜻. 너무 궁하고 길이 없는데 무슨 짓인들 못하겠느냐? 라
  는 제주도의 속담.

# 나의 아내

꽃다운 나이에 내게로 와서
내년으로 40년이 되지만 그 흔한
'아이 러브 유.'란 말도 못 들어본 채
그냥 의무방어를 살아오고 있다

살림이라야 한 번도
주름살 편 적이 없이 무장
가난을 쓰고 오면서
마치 아내라는 가구이듯
주머니에 손 때 묻은 만년필이듯
있는 듯 없는 듯이 앉아 있었다

어느 해 어버이날 온 동네 따라
효도관광으로 집을 비웠을 때
옆구리가 허하여 뒤척일 때에
꼼짝없이 마마보이라는 걸 알았다
그 세월에 아내는 틀림없는 나의 반쪽이었다

아내는 가끔 말하기를
"당신이 먼저 죽어야 해요."한다
말인즉 비에 젖은 수탉처럼 기웃거리는 걸
차마 어떻게 보냐는 거였다

“무슨 소리야! 나도 잘 할 수 있어!”
먼저 죽어야 한다는 말이 섭섭하여
큰 소리는 치지만 스멀스멀 흘러내리는 거였다

속으로는 열백 번
‘아내를 사랑하리라.’ 외면서도
번번이 챙기는 아내에게 잔소리 한다고
버럭버럭 소리 지르는 고질병을
아직도 고치지 못하고 산다

사랑하는 아내여!
내 문턱 넘을 때까지
자네가 챙겨줘야지
어쩌겠는가.

# 어머니의 등잔불

어린 시절
동백기름에 솜 꼰 심지로
불을 밝히던 어머니의 등잔불
불꽃은 작아도 끄름은 없었지
동지섣달 밤이 이슥하여도
기운데 기우고 다시 기워서
무릎, 팔꿈치, 궁둥이가
어머니의 사랑으로 두둑하였지

배급석유는 반달도 못 가서 동이 나고
야미석유도 뒷손이 있어야 사다 썼지
배급서기의 목은 늘 뻣뻣하고 사람들은
마음에도 없는 웃음을 보내곤 했지

마을마다 거리마다
새마을 노래가 울려 퍼질 때
재일교포 한 맺힌 돈이 전기로 들어와
고향의 어둠을 환하게 밝혔지

이제는 걱정이 없이
밤낮을 환한 세상인데
호롱불보다 더 어둡다

내 안에 불을 밝혀야
환해오는 세상을 모르고 산다
어머니의 등잔불이 그립다.

(창조문학 겨울호)

# 향토적 서정과 삶의 메시지

# 향토적 서정과 삶의 메시지

# 향토적 서정과 삶의 메시지
## ―김종호金宗톳 시인의 시세계

조남익 | 문학평론가 | 시인 |

## 1 토속적 언어의 지향

미래문화사로부터 우송된 순동巡東 김종호金宗톳 시인의 시
는 100편이나 되는 적지 않은 분량이었다. 조금은 생소하고
당혹한 느낌을 받지 않을 수 없었다. 우리 문인들은 대개 각
종 지면에서 낯을 익히게 되는데, 김종호 씨는 초면이었고,
문단에 나온 것도 조금은 늦은 이른바 늦깎이 시인이었다.
그는 제주도의 토박이로서 현재도 고향을 지키고 있다.

김 시인은 〈송림에 올라〉, 〈인동초〉, 〈김 노인의 길〉 등 3
편으로 《문예사조》(2007년 5월호)의 추천으로 문단에 오른다.
그는 중등학교 미술교사에서 명예퇴직했다.

우리나라의 신인 추천제도는 《조선문단》(1924)이 그 효시라
고 할 수 있다. 3회 추천제도였다. 그 뒤 해방 후 《현대문
학》, 《자유문학》 등에서 그 제도를 이어 신문사에서 시행하
는 신춘문예 제도와 함께 쌍벽을 이루는 문단 등용문이 되
었다.

3회의 추천제도는 《현대문학》이 73년 7월부터 2회로, 다시
88년 7월부터는 1회로 바뀌어 내려온다. 단 한 번으로 현대

의 속도에 맞춘 것이라 할 수 있다.

1980년대 이후부터 오늘에 이르기까지는 수많은 문예지의 난립 시대가 된다. 1회 추천에 의한 문단 데뷔가 급속히 팽창하게 되었는데, 특히 여성들의 문단 진출이 눈부시게 활발해졌다.

현재 많은 문인들이 등장하고 있지만 문단 생존율(등단 이후 5년간 제대로 작품 활동을 하는 비율)은 30% 이내인 것으로 나타나고 있다. 엄격한 훈련을 받고 나왔던 3회 추천시대와 비교해서 지금의 생존율은 더 떨어진다고 보아야 할 것이다.

김 시인의 시는 우선 분량면에서 안도와 기대를 주기에 충분했다. 말하자면 김 시인은 그 나름의 준비와 정진이 충분했다는 말이다. 특히 미술교사였던 그의 재질은 시에 와서 활발한 감수성으로 발전되었다고 보여진다.

말라르메는 언어를 직접적인 언어와 본질적 언어로 구분했다. 직접적인 언어는 일상생활의 의사소통을 위한 도구로서의 언어를 가리킨다. 본질적 언어는 주문呪文이나 시에 쓰이는 언어로 보았다.

'시인은 본질적 언어를 가능케 한다.'든가 '시는 민족의 근원적 언어다.'라고 한 것은 이런 맥락이다. 원초적 발생기의 언어로서 시가 존재한다는 것은 시의 본질적인 면과 감화적인 요소 등을 지적한 것일 것이다.

김 시인의 시는 자아自我로서의 회귀를 지향하면서 토속적인 세계로 가는 본질적 언어에 접근한다. 그의 시 제재는 고향의 자연 환경과 삶의 애환이 주축을 이룬다. 그는 언어적 드로잉보다는 체험적 스토리의 아픈 호소로써 감동을 일으킨다.

숲은 바람의 집


1
숲은 바람의 집


흥부의 제비처럼 바다를 건너
꽃씨를 물고 달려온 봄바람은
생울타리를 덮은 개나리
일제히 일어나 자지러지게 웃고
교회 마당의 벚꽃은 흐드러져
마당 가득 하얀 만나를 내리고
윗새오름 철쭉은 붉게 피어나
한라산에 분홍꽃구름이 흐르고
숲으로 들어와서 바람은
흐뭇한 한낮을 흔들거리고 있네.


2
숲은 바람의 어머니


저 시베리아를 달려온
겨울바람은 흐느끼는 비창悲愴
하늘도 땅도 얼어붙고
죽음의 노래를 합창하는 요덕스토리
아이들은 미라, 눈만 남아 하늘을 보네


분단 반세기에 굳건한 이질의 철조망

남녘은 부조리와 갈등의 대지,
원형질의 탐욕에는 끝이 없는지
도도히 흐르는 검은 강물에는
찢어지는 본능의 신음소리가 흐른다
한바탕 미치고 싶은 바람은 숲에서
나무를 붙들고 잉잉 울고 있다.

―〈숲은 바람의 집〉 전문


이 시는 비교적 정제된 형식을 유지하면서 생명의 바람이 불어오는 숲을 노래하고 있지만(전반부), 후반부에 가서는 바람의 통곡으로 이어진다. 여기에서 '숲'의 이미지는 어떤 근원적 힘이 되기도 하고 평화를 가르치는 공간이 되고 있다.

'숲은 바람의 집'이요, 또한 '숲은 바람의 어머니'라는 이 주제의 설정은 매우 안정된 느낌을 준다. 그러면서 '나무를 붙들고 잉잉 울고 있다'(끝행)에서는 활성화된 울림을 준다.

김 시인은 토속적 언어로 원초적 자연과 인간의 근원을 찾고자 한다. 그의 토속어 지향에는 구수한 전통의 맛과 멋이 함께 숨쉬고 있으며, 독자에게는 모처럼 제주도의 영상을 떠오르게 하는 바가 있다.

## ② 제주도의 향토세계

김 시인은 체험적 요소의 부싯돌에서 빛을 내고 있다. 문학은 상상력에서 창조적 기능을 나타내지만 체험적 소재가 가미되면 내용의 통합적 전개에 분출력이 뛰어나게 된다.

김 시인은 그의 연륜이 스며든 체험세계를 뚫고 나가며,

그 자신의 '정신의 얼굴'을 찾고, 깨어 있는 '혼의 소리'에 이르고자 한다. 특히 〈옛집〉, 〈나의 아내〉, 〈슬픈 소풍〉, 〈좁은문〉, 〈빚진 자〉 등은 가족사家族史와 관련된 것으로 깊은 절규가 울리고 있다.

어느 시대건 시가 아름다운 한 송이 꽃이라는 서정시의 본령은 존중되고 옹호된다. 이는 예술적 언어미의 절정을 향한 개념이다. 시의 의미나 독자와의 대화폭보다는 시인의 정서에 일렁이는 자폐적自閉的 언어가 거기 있다. 김영랑, 정지용, 박목월, 김소월 등의 순수시가 이런 경향을 대표한다고 할 수 있다.

아름다운 것은 영원한 기쁨
A thing of beauty is a joy forever

유미주의 구호가 되었던 기츠John Keats의 이 시구는 우리 나라에서도 회자되었다. 김영랑의 《영랑시집》(1935)의 첫머리에도 실려 있다.

일찍이 북도에 소월素月이 있고, 남도에 영랑永郎이 있다고 일컬어질 만큼 순수시는 한국시사韓國詩史의 큰 산맥으로 자리 잡는다.

그러나 오늘날의 한국시는 이런 고전적 개념에서 멀어져 있고 오히려 고정관념의 비늘을 벗겨내는 이른바 '다르게 생각하기'의 열풍이 질주하고 있다. 일종의 혼란과 무질서가 없지 않다.

김 시인은 제주도를 지키며 제주도를 노래하는 전통적 시심으로, 둥지의 작은 새처럼 따뜻한 정감의 시를 빚어낸다.

그는 제주도의 뻐꾹새인지도 모른다.


겨울바다 건너온 봄
햇살이 눈꺼풀 무거운 한낮
뻐꾸기 하염없이 울고 있네

고내오름 중턱 늙은 그늘에
솔잎새에 한 줌 바람 이마에 시원하고
삼백 년 소나무 네 나이 몇이냐 물으니
내 줄곧 걸어온 길이 저만치 사소하다

적막하다, 한낮 산속의 고요
숲은 침묵으로 더욱 깊어지고
먼 뻐꾸기소리 남의 둥지에 놓고 온
제 새끼만 염치없이 부르고

그립다
고향 육십 년에
늙은 마누라 옆에 두고
웬 그리움이 저미어오는가

뻐꾹 뻐꾹 뻐꾹
고향에 살면서 고향이 그립다.

―〈뻐꾸기 울고 있다〉 전문


봄이 온 제주도에 뻐꾹새가 운다. 고내오름에는 바람이 시

원하다. 이 시의 '내 줄곧 걸어온 길이 저만치 사소하다.' 또
는 '고향에 살면서 고향이 그립다.' 등은 신선한 감동이다.

　많은 사람들이 고향을 떠나 도시로 몰려 살지만, 김 시인
은 아무리 오래 살아도 끝이 안 보이는 고향을 재발견한다.
그의 시적 고향과 영원이 거기 있다.

　김 시인은 제주도에서 태어나 가난하고 암울했던 후진사
회의 시대에서 성장한다. 더구나 6세 때 아버지를, 15세 때
는 어머니를 잃는다. 그의 데뷔 작품의 하나인 〈인동초〉에서
'그 독한 겨울을 인동초 너는 / 잎새 하나 놓지 못하고 견디
었구나' 또는 '네 여린 꽃잎의 꿈으로 / 혹한의 겨울을 풀어
낸 것이더냐 고 읊는다.

　김 시인에게 과거의 추억은 모정母情에 대한 그리움이 절
실하다. 회한의 눈물이 고향을 적시고 있다.


　　도시락보자기를 허리춤에 동이고
　　목을 끌꺽대며 뛰어갔는데
　　그날은 웬일로
　　소풍가는 아이들은 겨우 반수 남짓하였다.

　　해마다 돌아오는 어머니의 제일.
　　나는 그 일이 사무쳐서 가슴을 친다
　　그 날 결석한 아이들이 가슴을 친다
　　그렁그렁한 어머니의 눈물이 가슴을 친다

— 〈슬픈 소풍〉에서


　기다리고 기다리던 소풍날이 왔건만, 어머니께서는 지난

해의 대흉년에 이은 춘궁기여서 도시락을 싸줄 수 없다며 소풍을 가지 말라고 한다.

그러나 얼마나 울고 떼를 썼는지 안타깝게 생각한 바깥채 아주머니(집은 없지만 소문난 부자였다)가 보리밥을 가져다 싸준다. 그는 그것을 들고 간다. 그 철부지의 불효가 '가슴을 친다'로 반복되고 있다.

'육성의 울림'이랄 수 있는 이런 시는 인정세계가 나타내는 향토적 풍경이라고 하겠다.

### ③ 삶의 위안과 카타르시스

김 시인은 언어의 예술성을 추구하는 쪽보다는 삶의 위안과 메시지로서의 경향이 우세한 편이다. 가령 표현의 구체성을 높인다든지, 정서 환기의 개성적 신선감을 살리는 이미지의 본령은 관심이 적은 것처럼 보인다.

앞에서 본 바와 같이 김 시인은 '자신의 속'을 끊임없이 탐구하며 시를 쓴다. 성장지의 환경을 비롯하여 가족사, 그리고 기독교의 세계관 등 시적인 지성과 순수성에서 시를 빚는다.

자신의 성찰이 돋보이는 거기에는 울분도 있고, 회한과 그리움도 숨어 있다. 그는 몽상적 시인이기보다는 자신의 현실적 이야기가 더 많은 시인이다. 그에게 시인의식은 역시 중요한 가치관의 척도가 된다.

어떤 면에서 그는 예술의식이나 성찰의 감동을 포장하고 제시하기보다는 '자신의 속'을 털어내고 위안받는 '한풀이의 미학'이 더 우세한 것이다. '한풀이'는 어느 누구도 그

강약은 있을지언정 이 범주를 벗어날 수는 없을 것이다. '쓴
다'는 행위에는 누구에게나 '한풀이'가 있을 수 있기 때문
이다.

카타르시스는 아리스토텔레스가 그의 《시학》에서 비극을
정의하면서 쓴 말이지만 지금은 창작상의 문제로 넓게 쓰이
는 용어에 속할 것이다. 감정의 불순한 부분을 정화淨化하거
나, 종교상의 죄의 더러움을 씻어내는 등 '해방의 쾌감'에까
지 이르고 있다.

그러나 김 시인은 자신의 속에 안주하여 파묻혀 있지는
않다. 그의 기질은 예술적 아름다움에서 자신을 카타르시스
하며 시의 가치에 투철한 면을 보인다. 그의 데뷔 작품인
〈송림에 올라〉를 본다.


이른 아침
솔 울울한 숲에 오르면
나는
한 그루 고결한 소나무

두 손을 활짝 펴고
하늘을 우러르면
세포는 낱낱이 솔잎으로 열리고
큰 숨 한번에
가슴 가득 하늘이 들어온다

맑고 신선한
이 평화는

넓은 우주
어느 별에서
발원하는 것일까

높게
곧게
하늘 우러러
엄숙한 소나무

푸른 침묵의
기원은
저 하늘 끝 어느
소망의 별에 닿아 있는가.



소나무를 소재로 한 이 시는 '고결한 소나무'가 '엄숙한
소나무'로 가고, 마침내 '푸른 침묵의 기원'에 이르는 청정
한 소품이 된다.

소나무를 소재로 한 시나 그림은 매우 많은 편이다. 소나
무에 대한 국민적 정서가 그 만큼 많다는 이야기다. 이 시의
'푸른 침묵'은 매우 뛰어난 비유다.

김 시인의 또하나 〈소나무의 꿈〉은 〈송림에 올라〉와는 다
른 '직설적 화법'으로 완성도에 닿는다. 그의 '직설적 화접'
은 앞에서 말한 '자신의 속'에서 나오는 것이다. 거기에는
'의미의 폭발'이 숨어 있음을 간과하기 어려울 것이다.

하늘을 날아가리라, 소나무는
저 독수리의 금빛 날개를 꿈꾸었으나
전문가의 가위는 그 꿈을 싹둑싹둑 잘라서
생존의 최소 조건으로 축소하고는
예술이라고 눈을 지그시 감는 거였다.

ㅡ〈소나무의 꿈〉 제3연

삶의 자유를 구가하려는 '소나무의 꿈'이 원예사의 무쇠 가위에 의하여 여지없이 좌절되고, '생존의 최소 조건'에서 '예술'만이 남게 된다는 이야기다. 소나무 분재의 비련이다.

어찌보면 소나무 분재의 이야기를 통하여 김 시인의 시인적 뜻과 고민을 표출시킨 것이라고 보여진다.

사실 김종호의 시인적 기질은 끊임없이 '직설적 화법'의 유혹을 받고 있는지 모른다. 그러나 그것이 전부가 아니라는 고민을 그는 놓칠 수가 없다. '예술'과 '스토리'는 서로 상극되기도 하고, 조화되기도 하는 양면을 갖고 있기 때문이다.

## ④ 눈 시린 한 편의 시

제주도에는 추사적거지秋史謫居址가 있다. 지나는 사람들의 발길을 잡는 이 곳에는 초가 5동과 연자마, 돌하르방 등이 보존되어 있고, 또 전시관도 있다.

조선 후기에 실학을 대표하는 인물이 정약용이라면, 문화·예술계를 대표하는 이는 단연 추사 김정희이다. 그의 고택은 충남 예산이지만 제주도로 귀양가서 9년 동안 유배생활을 했다.

163

추사는 귀양살이의 어려움 속에서도 서체의 골격이 힘차고 필획의 울림이 강하게 느껴지는 '추사체'를 완성했고, 세한도歲寒圖 등 불후의 서화들을 남겼다. 그를 따른 제자가 3천 명에 달했다고 할 만큼 제자가 많았다. 그는 오늘날에도 계속 사람들의 입에 오르내리는 서예관을 남기고 있다.

'가슴속에는 청고고아淸高古雅에 무르녹아 있어야 하며, 그것이 문자의 향기(文字香)와 서권의 기(書卷氣)에 무르녹아 손끝에서 피어나야 한다.

한자문화권의 3대 예술장르 또는 삼절三絶이라면 시詩, 서書, 화畵를 일컫는다. 삼절의 공통점은 조형적 아름다움을 극대화하는 데서 생명력을 빛내는 것이라 할 수 있다.

김 시인은 누구보다도 삼절에 살았고, 삼절의 뜻을 추구하는 예술인이다. 그의 시에도 나타나고 있다.

행복은
때때로 젖어오는 옛날
뜬금없이 떠오르는 미소
오랜 제자의 전화 한 통
무선으로 물 건너온 손녀
늙은 마누라 미인이라고, '하하하' 웃고
이끼 낀 우정, 한 잔의 대화로 시름 잊고

행복은 화선지에
꽃처럼 번지는 그리움 한 방울
눈물나는 파란 하늘

바람 따라가는 산책길
오순도순 벌레들의 놀라운 삶
먼 산 눈 시린 한편의 시
나의 길, 나의 노래
이 모든 것을 사랑하는 것
이 모든 것을 감사하는 것.

— 〈행복〉 전문

　김 시인은 화畵를 하면서 시詩를 쓰는 분이다. 19세기 추사 선생의 고고한 모습을 연상시키는 바가 없지 않다. 유유자적하는 생활에서 '하하하' 웃기도 하고, 화선지에 '그리움 한 방울'을 떨어뜨린다.

　'먼 산, 눈 시린 한 편의 시 / 나의 길, 나의 노래'를 사랑하며 또한 감사하는 데서 행복을 발견한다.

　'먼 산, 눈 시린 한 편의 시'야말로 그가 절정의 언어로 꿈꾸는 시, 바로 그것이 아니겠는가.

　한편의 시를 더 보기로 한다.


굴러다니다가
돌멩이가 되었다고 한다
굴러다니지 않으면
돌멩이가 아니라고 한다
구를 때마다 독은 오르고
속으로만 딴딴하게 웅크려서
폭탄처럼 부글부글 끓다가
채이면 발뿌리를 물고

튕길 때면 이마로 받아 넘겼다.


어느 날 숲으로 굴러온 돌멩이
아침마다 이슬을 담뿍 적시더니
제 성질 삭일 줄 알고
조용히 사는 법을 터득하였다
숲 속 깊은 침묵으로 오랜 세월을
흙 속으로 깊어지더니
나리꽃 사랑 하나 가슴에 품고
한 송이 나비처럼 팔락거리네.

— 〈돌멩이〉 전문


돌은 제주도 삼다三多 중의 하나다. 여자가 많고, 돌이 많고, 바람이 많은 섬이라는 뜻에서 제주도를 삼다도三多島라고도 한다.

여기 '돌멩이'는 인간에게로 전이된 의인법의 수법으로 '인간' 그 자체가 되고 있다. 이 시의 발상은 '굴러다니다가 / 돌멩이가 되었다고 한다'의 서두에서 묘를 얻는다. 굴러다니면서 독이 오르고, 이마로 받아 넘기면서 온갖 수모와 천대를 이겨낸다.

제2연에서는 '숲'에 들어와 비로소 '조용히 사는 법을 터득하였다'고 했다. 그리고는 오랜 세월 숲의 흙 속으로 깊어지며, 나리꽃 사랑을 품고, 마침내 나비처럼 팔락거린다는 것이다.

숙성된 돌멩이가 지고한 사랑의 경지, 인격적 완성에 이르는 것이다.

이 시에는 김 시인이 살아온 삶의 역정이 있고 그것을 뛰어넘어 예술의 세계에 눈 뜬 자아의 모습이 투영되었다고 할 수 있을 것이다. 하잘 것 없는 '돌멩이'가 '나비'에까지 이르는 과정이란 다름 아닌 정신적 고투의 내력이 아니겠는가. 시인의 삶이 거기 있음이다.

미당 서정주 선생은 인고를 통해 결정結晶된 중년 여성의 원숙미에 이르는 〈국화 옆에서〉로 국민적 명성을 얻었다. 그는 사후에 고향인 전북 고창의 질마재에 묻히었고, 고향에서는 30만 평에 300억 국화 송이를 전시하는 〈고창 국화 축제〉가 해마다 열린다. 시성詩聖의 명편은 이렇게 영향이 크다.

김 시인의 〈돌멩이〉는 제주도 향토시인다운 시정신이 노래된 현대시로서 뜻과 운율이 잘 정돈된 조화를 얻고 있다.

지금까지 살펴본 바와 같이 김 시인은 향토적 언어와 서정을 지향하여 순도 있는 서정시, 그리고 가족사와 기독교 정신에 의한 시정신을 고양함으로써 비교적 의미 있는 시의 순결을 지켜낸다. 그의 혼은 제주도였다.

제주도의 야생마가 하늘과 바람과 푸른 들에서 뛰어놀 듯, 김종호의 시에는 땅과 사람의 냄새가 있으며, 때로는 운치 있고, 때로는 짜게 하나의 정원을 가꾸어 낸다. 그는 제주도가 낳은 '제주도의 시인'이라고 할 수 있다.